第35届
青春诗会诗丛
《诗刊》社 / 编

好久不见

林珊 著

南方出版社
海口

图书在版编目（CIP）数据

好久不见 / 林珊著 . -- 海口：南方出版社，
2019.8（2019.10 重印）
（第 35 届青春诗会诗丛）
ISBN 978-7-5501-5582-4

Ⅰ.①好… Ⅱ.①林… Ⅲ.①诗集–中国–当代
Ⅳ.① I227

中国版本图书馆 CIP 数据核字 (2019) 第 157181 号

好久不见
林珊 著

责任编辑：高　皓
特约编辑：李　点
装帧设计：史家昌

出版发行：南方出版社
地　　址：海南省海口市和平大道 70 号
邮　　编：570208
电　　话：0898-66160822
传　　真：0898-66160830
经　　销：全国新华书店
印　　刷：阳谷毕升印务有限公司
版　　次：2019 年 8 月第 1 版
印　　次：2019 年 10 月第 2 次印刷
开　　本：787mm×1092mm 1/32
印　　张：5
字　　数：128 千字
定　　价：40.00 元

目录
CONTENTS

辑一　我们从未真正进入过秋天

在山顶　003
华西路　004
佛指岗　005
北方　006
春天在持续　007
两行　008
我们从未真正进入过秋天　009
短歌　010
黄昏　011
新年书信：在梅园，给母亲　012
哦，山中　013
清明　015
新年书信：雅溪　016
小寒　018
雨　019
新年的第一首诗　020
回忆永不消逝　021
图书馆　022
深秋　024

伐木工　025

鱼　026

天龙山记　027

好久不见　028

寂静　029

新年书信：姐姐　030

总有一些往事不忍回首　031

隆冬记　032

忆　033

在杭州　034

落花寂寂　035

夜晚没有空处　036

秋天　037

重逢　038

旷野　039

辑二　回忆让孤独的人更加孤独

且以深情　043

乌桕　044

给你　045

夜宿弥陀寺　046

恍若梦境　047

玉舍村　048

四行　049

弦月　050

所见　051

永远有睡着的雪　052
时间的缝隙　053
静谧陌生如悲伤　054
我为什么还要写下那些　055
在琴河，有致　056
昨天　057
致　058
凌晨　059
给祖父　060
一月　061
冬日　062
母亲　063
她说春天多好啊　064
十月　065
2018年，冬天　066
稻草人　067
2月14日　068
乌鸦　069
往事　070
枯荷　071
馈赠　072
青衣人　073
梦境，或是你　074

辑三　秋天不回来

赞美诗　077

立秋	078
秋天不回来	079
哦，少年	080
梨花	082
黄昏速记	083
秋天的湖泊	084
在小镇	085
我爱过的事物远不止于此	086
看雪	087
九月	088
转眼时间到了很多年以后	089
恩赐	090
谢家坊	091
1988年的秋天	092
总有一个人	094
所有的花朵中	095
七夕	096
丹顶鹤	097
大望路	098
看云	099
落日谣	100
夏天——给彦轩	101
日暮迟迟	102
北京	103
鲁迅文学院	104
十四行	105
北京，798	106

辑四 落日带来黄金

狄花	109
外婆	110
大雨倾盆而下	112
过去的雪	113
谈论孤独	114
惊蛰	115
春风	116
普宁寺	117
白蝴蝶	118
春夜听雨	119
二月初四	120
雪	121
那些消逝的	122
这永恒的	123
尘埃	124
我在春天出生	125
她坐在秋风里	126
我们	128
命运	129
雨中	130
她	131
平安夜	132
落日带来黄金	134
他永不回来	135
葬礼	136

宿命　137

草木之心　138

秋天的悬铃木　139

回忆让孤独的人更加孤独　140

虚幻之境　141

那么久　142

清晨即景　143

水边的阿狄丽娜　144

辑一 我们从未真正进入过秋天

在山顶

当我又一次攀上山顶——
那么多的草木,都拥有枯坐般的寂静
其实,我并不想成为一个孤独的人
可是这清凉的泉水多么好
这片刻的虚空多么好
仿佛鸟鸣从来不止是鸟鸣
仿佛寂静从来不止是寂静
"再没有什么,值得我们大张旗鼓去热爱……"
乌云压顶,我听见风吹草动的声音
我看见一枚松塔滚落在地上
——终获久违的自由

华西路

后来的日子,她独自
居住在华西路那栋老房子里
她一个人按时吃饭,睡觉
一个人提着菜篮子,小心翼翼
过马路,逛集市
新年过后的家庭聚会
是他离世后的
第一次家庭聚会
她穿了一件对襟花棉袄
坐在偌大的餐桌前
笑容可掬
整个夜晚,那些新年祝福
那么古老,那么美好
整个夜晚,关于那个缺席者
和那场葬礼,再也无人提及
呵,这样多好。春风化雨
山茶树上即将长满新枝
她的暮年
没有一丝缝隙

佛指岗

二十多年后
因为一个人的离世
我重新获悉
一座山岗的名字
我曾为远方
写下过许多颂辞
也曾在暮色里
眷恋过一面湖水
如今我在这里
呼唤它——
佛指岗,佛指岗
如今我在这里
看见野草淹没脚踝
星辰闪过屋顶
而我的祖父
将在它的怀里
永远安息

北 方

有没有一个夜晚
可以让我们铭记一生
有没有一盏孤灯
可以照亮迷茫的前程
有没有人替我在风中凭吊
哭泣,腐朽,或是生长
河流仍然在静寂中流落
山川仍然在安详中存活
那无边的高空啊
有疲倦的皱褶
瞬息的凝固
我们只身前往的北方
曾在我的记忆里
落满金黄

春天在持续

"我的过去是一只愚蠢蝴蝶的跨海航行"①
没有人愿意去描述,遥远的海岸
颤抖的翅膀,纸船里的魔法
陈旧的书本让白天短促,让夜晚漫长
让躺在春天的黎明的人眼神明亮

书本之外,被春风掠夺的一切:
荒岛,深渊,山峦,林中猛兽的颚骨
反复追逐着我,吞噬着我
——我因恐慌而惊醒。大雨下在窗外
一棵年轻的橡树紧闭天真的嘴唇

时间隐匿着,没有终结
(曦光尚悬挂在衣袍的白色折痕处)
我已经很久,没有听到
一只花喜鹊,站在屋顶所发出的颤音

① 引自米沃什《没有意义的交谈》。

两 行

死去的人永远不会再回来
春雨正走在告慰灵魂的路上

我们从未真正进入过秋天

我们从未真正进入过秋天
我们从未坐在秋天的屋顶
唱着凋零的歌谣
我们在秋天里走来走去
直到柿子树下堆满金黄的落叶
直到在晚风中遇见转世的蝴蝶
直到初雪落满空无一人的荒野
直到落日饮尽寒山
直到寒山的石头
温暖如初地
坐在我们身边

短 歌

棕榈在闪烁。这是四月
薄雾弥漫的一天。垂柳旁，长堤上
酢浆草在持续不断地重新生长
河水流淌着，流淌着
突如其来的喧响让我们喜悦
五只灰麻雀站在枫杨树下
一秒钟，两秒钟……

年轻的母亲，俯下身去
给手推车里的婴儿唱歌
她的手臂修长
她的裙裾迎来清晰的风
　（哦，朴素的脸庞泛着光）
她的身后，鸟声鸣啭
几株黄鹌菜正开出
淡黄色的花朵

黄 昏

在黄昏。我喜欢鸟群
似乎要比人群
多一些。每一个
即将过去的黄昏
都带来落日
完满的，破碎的
都是我所喜欢的

只不过
落日下沉的时候
青山也在下沉
周围寂静极了
无数次之后
我终于听见
那遥远的回声——

我们所拥有的
只有融化的雪
以及像伤口一样的辽阔

新年书信：在梅园，给母亲

我们站在树下看花
山坡上没有空荡荡的树枝
新年过后，天空更加澄明
我们的生日，都在农历二月
可我从来没有为你准备过
一件像样的生日礼物

我早已不再是你膝下承欢的
豆蔻少女
我在十六年前成为一个男人的妻子
姻缘仿佛从来都是命中注定的事
你在二十四岁生下我
我在二十四岁生下我的儿子
可是我至今仍然忐忑
不知该如何成为一名合格的母亲

母亲，如今繁花不断落空
而你华发滋生，身体臃肿
这实在是一件令人沮丧的事
母亲，那一年我们住在玉舍村
松针落满小径，院子里一片静寂
我和弟弟坐在屋顶，等待暮色中
归来的你

哦，山中

在山中，我听见流水的喘息
还有落叶，在石径两侧恹恹
仿佛要把一生的虚空褪尽

姐姐，就在前几日，我收到
远方的来信。那个少女
和我已有二十载有余，不曾相遇

我们谈论起昔日的校园，多变的天气
还有那年隆冬，白雪压顶
浴室拥挤。我们不谙世事的身体
冒出热腾腾的水汽

姐姐，时间以一只无情的手
搬开我们通往山顶的梯子
如今我们再也不能独坐山顶
开口述说满怀心事

如今我在佛前，听木鱼绕梁
看油灯燃尽。姐姐，那个少女
笑起来的样子，很像当初的你
那个还活在人世的你……

姐姐,如今我还是不明白
——苦难是如何在你消瘦的脸上
刻出一长串冰冷蒙尘的文字

清　明

那里的一切都好。那里的春风
归还大地。那里的绿叶
挤满纷繁的树枝。那里的云雀
在天空中远逝
迢迢的山路上,扛着一把锄头
走在最前面的,是我的父亲
他渐渐老去,他或许已经忘记
一道栅栏挡住时间的去路
一支送葬的队伍永远不会再重聚
可是那么多的草木,都拥有
交替的旋律

那里的一切都好。那里的墓碑
沾满新鲜的春泥

新年书信：雅溪

这个村庄曾在微雨中远逝
如今我站在这里
看见篱笆汹涌而整齐
万物在雨水中俘获平静

村庄后面的田野，平坦，辽阔
没有裂隙
它们被早春的油菜花
依次占领。那滚烫的黄金
在暮色中如此珍贵

一株白玉兰守候在小路的尽头
怀有最后的潮汐
住在围屋里的女人，已经老去
那些蒙尘的往事
仍在恍惚间分崩离析

可是暮晚没有灯火
雨水不断重聚
我尚能写下的，只有那些
只言片语：

我爱过屋顶摔碎的炊烟
我爱过野花盛开的故乡
我也爱过——
梦中的那个少年
不曾老去的你

小 寒

仍然是最寒冷的冬天
她背对着时间,独自坐了很久
湖水并没有因为她的沉默
而止步不前

野菊花又开出一朵
那温凉的花朵
还不曾披上十二月的风雪
露水还在树上,在草丛,在山坳
在新鲜的墓碑上

没有人能够拖住死亡的脚步
没有人能够躲避哀伤的降临
寒风啊,夜以继日吹拂旷野,深渊
旧年的苔藓,多褶的面容

她不止一次梦见那遥远的村庄
她独自坐在梨花树下
她看见她深爱的人离开
永不回来
她听见大雨倾盆而下

雨

"拥抱你乃是死亡的快感,
有悲悯和赎救……"①
一首诗还没有读完,雨来了
(那闪耀的,迷惘的,犹豫不决的)
雨声并没有给我带来多少安慰
风朝向它。每一滴雨
都在瞬间拥有圣灵的魔法
雨天的草地被重重迷雾包围
雨天的树叶弹奏出低沉的琴音
雨天的一切都将遵从古老的召唤

爱是忍耐,爱的忍耐引领我们
频频擦干夺眶而出的
泪水

①引自赫尔曼·黑塞《黑塞诗选》。

新年的第一首诗

风雪仍在黑夜里穿行
炉火照亮我
有时是一些人
有时是一群鸟兽

他们总是悄无声息地
闯入我的梦境
其实所有的梦境并没有
真正地消失过

爬山虎攀满篱笆
陌生人站在街头问路
雪越下越大
池塘惊醒，尘土散去

我确信，我曾不止一次
遇见过她——

她在春天出生
她在冬天的井边打水
她没有遇见过漫天风雪
她拥有干净整洁的灵魂

回忆永不消逝

这些时日我心寂如坟。黄昏的天空
即将涂满斑斑锈迹
喜鹊们在树林里,与另一群喜鹊相遇
我守着浑圆的落日,见证白玉兰在无言中
用尽了心碎

我想起年轻的我们,喧哗,叹嘘
拥有过短暂的幸福
而此时,草木新绿
灯影在陌生的城市颠沛流离
善良或许是我们,原谅世界的
唯一方式

只是今日情景,和那时
多么相似:
"我将永远珍爱你,
你是站在一地的阳光里。"

你永不知,故事没有结局
黑夜成为废墟
你永不知,春草容易腐烂
回忆永不消逝

图书馆

让我无比迷恋的
只是一些故纸堆
只是一扇通向往昔的门
当你和平常一样转过身去
一定会有什么
在寂静中发出声响
树林中的琥珀
田野里的孤雁
朝圣者的小路
还有你心之所向的
远方，更远的远方……

我也曾在深秋的下午
热衷于聆听一墙之外
那些潮水般
涌来的鸟声
如今在一楼的草地上
藿香蓟还在开
割草机还在嗡嗡作响
我停下翻书的手指
阅读在此时突然变得
毫无意义

没有人在寂静中走动
没有雨在雨中濒临崩溃

深 秋

那些我原本以为
不再在意的
如今又拥有了
完整的轮廓
我听见风雪走失的声音
来自我们无比热爱的北方
我看见一张模糊的脸
穿过刚刚惊醒的鱼群
一封白茫茫的信
源自陌生人的嘴唇
我们途经的小路
在冷风中没有终点
我的左脚
总是跟不上我的右脚
消逝的时光
永远无法消除那些得到又失去的痛楚
我们似乎又回到了最初：
那年深秋
我们的眼睛
隔着漫天的雨雾

伐木工

他们在树林里伐木
他们手里的斧头
闪着寒光
他们的酒瓶空空
他们身后的墓地
没有埋葬过棺木
和寿衣

鱼

它们在水中追逐、嬉戏
并不以我们破败的身体
它们在水中缠绵、忏悔
并不以我们干涸的嘴唇

天龙山记

我在这里虚度过无数的光阴
我在这里等待过暮色的降临
我在这里目送过一座青山周而复始的枯荣
我在这里遇见过一群斑鸠深陷苍茫的云雾

我在这里如此写道:
冷风吹拂,一株菩提树在细雨中
抖落枯黄的叶子
一只土拨鼠在山谷里追随
一个僧侣远逝的背影

如果回首,爱恨皆成虚无
我已没有什么,可以在佛前
献给你——

我贫瘠的手指,刚刚触摸到
一枝盛开的木姜子

好久不见

他来看我。在雨天
北风吹落枯枝,雨声包围雨声
炊烟铺满黄昏的屋顶

我甚至听到了树林里的鸟鸣
听到了他开口说话的嗓音
其间还有一两声轻轻的咳嗽声

在梦里,我终于如愿以偿
那双温热的手,从来没有松开
那张熟悉的面孔,依然饱含深情

回忆忽然变得如此艰难——

一阵风吹落一些枯黄的叶子
我们站在树下
我们望不见彼此的眼睛

寂 静

仍然是满屋子的寂静
我在那里
一坐就是一整天
像是一个圆满的句号
可是我的身体,暗藏病灶

我仍然如此依赖
这个尘世
现在,我只允许自己
喝纯净的水,吃少量的食物
爱一个正在失去的人

新年书信：姐姐

暮晚没有一声鸟啼，只有雨
不停拍打空旷的树枝
多少次我梦见我在雨中奔跑
多少次我梦见掉队的蚂蚁
不安地越过一片瓦砾
姐姐，昨夜我梦见了外婆
她患有偏头痛和类风湿
十二年前，我错过了她的葬礼
十二年后，她的菜园荒芜
她的屋顶布满裂隙
姐姐，我在二月的雨声中醒来
我看见紫花地丁铺满返青的田野
而春风，只顾低着头
向更远的远山吹去
姐姐，我记得她皴裂的双手
额头上的灯盏
我记得你，曾和我一起
走在河对岸，向她频频回首
不忍离去

总有一些往事不忍回首

山坡上开满了野花,那些细碎的
暮色里传来几声鸟啼,那些疲倦的
春风啊,把一大片凋零的野蔷薇
吹到长满青草的土路上
我途经时,恰巧看到它们好看的腰肢
听到它们在风中的最后一声叹息
紧接着,雷声轰鸣
大雨淋湿黑黝黝的树枝
大雨淋湿外祖母的屋顶

总有一些往事不忍回首
总有一些墓碑在山谷中隐去

隆冬记

我已经很少写下我在意的那些：荣耀散尽的
祖屋，日渐衰老的亲人，临睡前的祈祷
如影相随的小狗，易碎的阳光，喜鹊的啼叫
现在所拥有的一切，时常会让我深感不安
我生怕我内心的潮汐，会被路过的神明看见
就像二十多年前的雪天，病中的我
被祖母带进一个神秘的院子
院子里有一棵老槐树，树下有一个神龛
圆桌上铺着一块红布，簸箕里撒满洁白的米粒
一个满脸褶皱的老妪，一边摇动
手里的那串铃铛，一边念念有词
祖母把我推到她跟前，祈求她给予我救赎
那天夜里，我反复梦见
我站在村庄的祠堂前无声哭泣
此后很多年，我一直对那些我看不见的事物
——心存敬畏和感激

忆

越来越模糊。落日的余辉,欢腾的鸟啼
石阶上的琴音,小巷里的花香
一个人对另一个人,许下的誓约……
黄昏时去河边散步,我甚至无法伸出我的手

我看到最后一片黄叶,还在枯枝上
每年冬天,树木都是以悲剧收场
(只有天空看到死亡在树影里摇曳)
梅花突然开满墙角
众神劝诫看花人不要苏醒

回忆湮没我……

在杭州

西湖、雷峰塔、灵隐寺,它们埋藏在
四年前我们还不曾相遇的
回忆里
如今我的年轻目睹我的苍老
我的荒芜碾压我的丰饶
而我此次居于城郊
我已失去沿途拾捡回忆的
朴素愿望
我能和你谈论的
是那些啜饮雨水的湖泊
黄叶散尽的垂柳
那天校园安静
小路柔软

我们在雨中,走了很久

落花寂寂

黑夜将我遗弃。那么多的枯枝
在春天销声匿迹
隔着浮现的晨曦,燕杏梅花
开得比南方更迟

候鸟已经忘记迁徙的意义
在离开那个县城之前
我所有道别的话
都已说完

那么多消逝的柳絮
在空无一人时,吞噬风湿的草地
我在这里没有朋友
孤独是一场反复无常的旧疾

哦,落花寂寂
这瞬间坠地的阴影
与我们如此相似

夜晚没有空处

夜晚没有空处
路灯和楼梯,都成为茫茫然的摆设
真的没有一个人,在黑暗中走动
落叶和新枝都在簇拥中蹉跎
却毫无意义
幸好没有鸡啼和犬吠
没有人在梦中颠沛流离
幸好你此时没有醒来
没有看到我在黎明前
空洞的眼神

秋 天

你走以后,秋天开始落叶
一片一片,从枝头凋落下来
和所有的落叶一样
我也逐渐习惯了分离

其实,我曾企图离你更近
就像深夜的火车,沿着既定的铁轨
在你耳边轰鸣。就像那天的果园
散发出迷人的香气

现在,还是让我来说一说
那些马兰花吧
它们在秋风中
开得很好。领路的老人
走在山路的最前面,他的背影佝偻
他的皱纹很深

我跟在他身后,开始想念那些
流淌的黎明和黄昏
如果这个时候,能有一场雨
落下来。我也许就会站在雨水里
再一次,深深地
抱紧你。

重 逢

当我重新读完
给你的第一首诗时
为什么竟会无端落泪
这其间有多少长夜
你是那个
给予我月光和曙色的人

如今银杏树的叶子还没有落完
秋天还没有走远
一场虚构的重逢
在空荡的白纸上得以呈现

如果衰老的秋风
拥有一颗善良易碎的心
如果栾树的果实
迅速落满黄昏的水边
如果这人世间所有的爱
可以恒久一些……

你的笑容,还会不会
被陌生的我所遇见

旷 野

每天都有落日从大地上走失
每天都有草木在废墟里荒芜

他们看见小路在黄昏越陷越深
他们看见牵牛花攀满篱笆

我已疲惫。当秋风在旋转
当枯叶在分离,当我的亲人们
又一次,在旷野里安息

辑二 回忆让孤独的人更加孤独

且以深情

我希望你是快乐的
至少在这个秋天
我希望你还能收到
来自远方的信件
即便那已和我
没有丝毫的关系
我希望你手腕上的手表
永远停留在凌晨三点
那时候的我们
还没来得及穿过人群
拥抱风雪

乌 柏

寒风中,我读不出那些深藏的哑语
一排乌桕,正站在路口掉落猩红的叶子
风把皴裂的嘴唇,凑近河水
哦。这清冷的,寂静的,苍茫的黄昏
死亡还没有如期抵达外祖母的屋顶
大雨却因抑制不住的惊慌而颤抖

我记得,酷爱炊烟的人
樟木箱里的虎头帽
亮着的烛光,戛然而止的童话
——树篱下,金色的琥珀唤醒我
时间的手,又一次从记忆里抽走

给 你

我需要一场大雨,为春天的欢愉而喊叫
我需要一盏明灯,为失去的一切而忏悔
我需要一个人,为人世的温良而饱含热泪
我需要你的手,为我摇落——
枯黄的叶子,潮湿的花朵

你什么都知道,在我低头不语的时候
你什么都不知道,在火车轻轻晃动的时候

夜宿弥陀寺

好吧,让我们来谈一谈虚空
风声是细小的,星光是微弱的
松涛延绵不息

我这个得以短暂逃离尘世的人
此时正置身于黑暗中。多难得
起伏的虫鸣并没有给我带来忧伤

四周空旷,只有萤火虫紧跟在我身后
扑打着翅膀:"慢一点儿,慢一点儿"

这多么像多年前,我摔倒在路边
一抬头,就看见菩萨慈悲的脸

恍若梦境

我失去的，必定会以另外一种方式重新出现并存在。
我想念的，必定会在梦中与我深深地纠缠。

玉舍村

我一直相信,这个村庄
一定还遵循着一些古老的法则

金黄的落日曾点燃一个瞎子的眼睛
朱红的棺木曾守护众多老人的梦境
山崖上的巨石反复接受虔诚的朝拜
年迈的老妪突然面朝神龛念念有词

现在,我再也看不到这些
现在,我再也听不到这些
现在,菜园荒芜,炊烟稀疏
现在,河流干涸,星宿悬浮

我也曾有六年的时光,属于这个村庄
它总是在很多个苍茫的夜晚,让我
长久地,站在回忆的废墟里
默不作声

四 行

久不去湖边
我看见湖水裸露出一个旧折痕
我站在湖边
突然成了一个迎风落泪的人

弦 月

若怀抱月色，我大概就是
那个最孤独的人
时间至今不曾苦苦挽留过什么
从月圆到月缺，从来都只需要一个轮回

冷风在吹，湖面上，闪动着粼粼清辉
飞鸟陷入草丛，树影沉默不语
满天星斗如灯盏般破碎
它们还有那么多的话要说
它们还有那么远的路要赶

沉在水底的，是四月的桃花
和群鱼的眼泪

所 见

在昨夜,我梦见一个男人
他穿着一袭青衣。沉默
撑着伞,穿过一大片树林
雨点落在他的脚边
雨点打湿他的双肩
我爱着,他孤独的背影
修长的手指
他回到屋子里——
山后的第六间屋子,亮着灯
花瓶里插满新鲜的杜鹃
松木桌子上有细小的凹陷
蚂蚁在窗台上忙着搬运饭粒

一条鱼忽然游了进去。我害怕
它有从不流泪的眼睛

永远有睡着的雪

"落在一个人一生中的雪,我们不能全部看见"
多少次,我站在古老的天空下虚拟
一场雪,落在开满迎春花的护城河上
河水纯粹,雕像和花圃安静
夕阳在彼岸留下轮廓
——喧嚣于我们,都是陌生
拉琴人从街角走出来,像一个倒影
结局是这样:隔着空旷的沉寂
我无法穿越时光,无法给予你——
炉火般的温暖,圣洁高贵的灵魂
我的手,在寒风中伸出
又无力地缩回

时间的缝隙

酒过三巡,有人开始唱歌
嘹亮的歌声里
我有了片刻的恍惚
我多想告诉你
今日情景和旧年有多么相似

几近流淌的风声
带来黑夜的暗影
白炽灯高悬于屋顶
倾泻出永恒的宁静
枯黄的银杏叶一如往常
翻越低矮的门墙
消逝的年岁
在寒山瘦水中疾驰

你拥着我。湮没的愿望
在时间的缝隙里奔突

静谧陌生如悲伤

钟声反复敲打着黄昏
可是我知道
那不是来自寺庙
也不是来自教堂
夕光下
最后一声鸟鸣
像陈旧的书信
紧贴着蓝色的屋檐落下来
黄昏多么纯粹
静谧陌生如悲伤
只有上弦月站在万物的头顶
不慌不忙
把眼睛紧紧闭上

我为什么还要写下那些

写下落花，落花颤抖着枯萎
写下流水，流水濒临着干涸
写下青山，青山始终铁青着脸
写下枕木、汽笛、六号站台
晚风中鼓起的白衬衫……

它们在缺席者的背影里支离破碎

我看见五月的天空布满涟漪
凤尾蕨在道路两旁压低骨折般的叹息
浩荡的芦花还在往事里沉浮
小小的雀鸟拥有越来越深邃的眼神

我想起我在一本书里读到过的句子：
"无论在这里，我看到的是哪些神祇……"

多么平常的一天，我终于爬上山顶
——我听到苍茫的松涛在四周延绵不息
我看到我们继续苟活在那个孤独的人世

在琴河,有致

琴河有磕碰的脚印
趔趄的身影
琴河遵循自身的意愿
从远方,如期而来
临近琴河的灌木
拥有暮晚七点钟的呼吸
我们是走在植物香气里的一群人
晚风照例送给我们——
回旋的道路,驰入河底的皎月
一路追随我们的,是流水
随之远逝的,是流水
一天就要过去了
时间带给我们,短暂的沉默与停顿
持久的恬谧与清醒
一天就要过去了
语言在闪烁,薄雾在弥蒙
我们在黑暗中转身
我们走过的地方
怀抱在灯火中

昨 天

昨天的河流捧出一捧蓼花
昨天的风声很大

昨天的树影幽暗,修长
昨天的落叶只是秋天的一部分

昨天的我
走在人潮汹涌的大街上
孤独,沉默

你不会再爱上。

致

如果连一扇透明的窗户
都不能够
阻挡人群中的喧嚣
如果连满天璀璨的繁星
都不能够
给漆黑的眼睛
带来片刻的安宁
那么
我们该如何走在不同的
秋风里
梦境中
因人世的痛楚
而发出叹息

凌 晨

四周一片漆黑。远处的村庄里
忽然传来几声鸡啼。连续几天
我在凌晨五点半醒来
我越来越喜欢凝视黑暗中的事物
现在，大地宁静，人世安详
我也不必急于，独自返回到梦里去

给祖父

我将又一次写到你——

写到你离开时
天空还没有下雪
冷风吹拂干枯的树枝

写到山坡上开满野菊
深谷里传来回声
写到死亡掩面疾驰
缺憾意味着永远消失

写到佛指岗上
落日隐去
冰冷的墓碑上
有你孤零零的名字

一 月

乌鸦还在喝水,一群麻雀在飞。
书本之外,古老的河流光滑如锦缎。
更近的地方,篱笆孤寂,茅草枯萎,
红萝卜紧挨着大白菜。
一个老人提着一只木桶走过来,
她的灰围裙上沾满了尘土。

一连几日,我在光秃秃的柳树下枯坐。
起伏的风声并没有带走什么,
叮咛的流水并没有带走什么。
现在,我的声音顺从了我的内心,
我终于变成一个,和你一样沉默的人。

冬 日

树叶掉光之后，所有的树木
都是灰色的。雀鸟也是
它们站在光秃秃的树枝上
一站就是半天
它们沉默的样子
很像我年迈的祖母

祖父去世后
祖母依旧住在
华西路那栋老房子里
我有时去看望她
会看见她独自坐在
祖父生前常坐的那张藤椅上
摆弄一只老式手表

"这只手表是那年在香港
他买的礼物……"
"我们在一起六十多年，他怎么能
一声不响，就先走了呢？"

她忽然低下头
她忽然就哭红了双眼

母 亲

即使有那么多人说
我长得越来越像她
可是我依然没有秉承
她的好脾气
没有像她那样——
一生只爱一个人

她说春天多好啊

她的头顶有白发,她的眼角有皱纹
她是我身不由己的梦境中
反复遇见的一个人

她说春天多好啊
深谷中响起一声惊雷
山坳里开出一树梨花

她说这些年,她拥有瓦蓝的天穹
也拥有黑暗的废墟

十 月

天空下着微雨
一排杨树的面孔
新鲜而美丽
我在继续写一封
被暮色覆盖的长信:
"黄昏的轮廓越来越模糊,
滑稽面孔,是我新学的钢琴曲……"
风不停地吹过来
又吹过去
若是在田野中
这会很容易让人想起
无人参加的葬礼
可是我还在写信:
"我的双手疲惫,
我的哀伤没有声音……"

2018 年，冬天

从一月到十二月，每一天
都是新的。她是一个热衷于幻想的人
她曾虚构过一场茫茫大雪
并在雪中独自穿行
她曾爱上一个满头白雪的人
并打算花一生的时间将他忘记
时间会带走许多东西
一片树叶曾包裹过一个伤口
（疼痛总是会持久一些）
一截流水曾安慰过一个囚徒
（没有人会再记得些什么）
她一直想成为一个安静的人
——看山河无比辽阔，等春天悄悄降临

稻草人

我看见一个稻草人,站在金黄的稻田里
夕阳陨落得太快了,我来不及看清它的面容

三年前的秋天,我最后一次去探望病中的外祖父
也曾路过一片稻田,稻田里也站着一个稻草人

三年后的今天,外祖父已经不在了
我看见一个稻草人,站在金黄的稻田里

2月14日

我可不可以与一只夜莺,交换身体
交换它,美丽的羽毛,动人的歌喉
我可不可以向一场大雨,袒露心事
袒露那些,隐秘的爱,苦涩的恨

倘若你是我,你是否会在
这个清晨,踏上一列绿皮火车
风尘满面,辗转千里
去探望一个从未相逢的恋人(或许他并没有真实地存在过)

在我快要抵达时
如果天色还没有完全暗下来
如果石墩上落满了灰尘
门前的篝火,将会给我的灵魂
带来一片肃瑟的眩晕

乌 鸦

夜读阿信《那些年，在桑多河边》
读到他此般描述乌鸦：
"与一只乌鸦的隐疾对应，
我多年的心病，是不能陪它
一起痛哭。"
我曾在七月的清晨，在夜宿的庐山山顶
遇见过乌鸦（哦，不仅仅是一只）
它们盘旋在芦苇丛中，琉璃瓦屋顶
发出"啊，啊，啊……"的叫声
我从一场梦里惊醒，赤着脚
透过窗帘的缝隙，数了数
哦，一共有二十三只
体积庞大，羽毛光滑
那黑色的闪电，那突如其来的旋风……
此后一整天，我并没有开口谈论乌鸦
"当你看见了乌鸦，记住千万不要惊动它……"
我的外祖母，犹如村庄里的先知
这些来自童年的教育，让我多年以后
仍然心存敬畏。仍然忐忑于
一群乌鸦，同时出现的深意

往 事

我的眼前又出现了汩汩的河流
村庄，屋顶，炊烟，唢呐，白骨
以及，衣衫单薄的外祖父——
我不能够回头，往事分崩离析
船舶靠岸的夜晚，每一个梦
都充满了不可预知的危险

他走远，天堂里没有篝火和木栅栏

枯 荷

落日之后。这是我们途经的
第一场雨
蜿蜒的小路,闪烁着
湿漉漉的光芒
起伏的群山,透着光

暮色中,我试图靠近一亩方塘
哦,那静默的,战栗的
完整的,破碎的——
是些什么

让我再靠近一些吧
我已隐约听见
她在雨中的呓语:

我羞于表白,也无力对抗
我至死,也不带走一丝悔意。

馈 赠

这是我所遇见的，最为声势浩大的一场绽放
在那辽阔的，无数副棺木日渐腐朽的山坡上

白茅在开，故乡的云朵还在流浪
送葬的队伍已经走出很远

一个陌生的灵魂被安置在——
一个陌生的地方

青衣人

我甚至找不到合适的语言
来记录那些夜晚发出的叹息
一个青衣人,曾站在我面前
伸出辽阔的手……
在我的童年
井水清澈,月光皎洁
野蔷薇总是浩浩荡荡
开满春天的山野
在我未上锁的抽屉里
私藏过破旧的连环画
没来得及熄灭的萤火虫
总有一个夜晚会那么漫长
总有一些事物永远无法回归寂静
母亲匆匆走上楼
抱走嚎啕大哭的弟弟
我是那个正在低声啜泣的姐姐
无边的梦境使我陷入迷茫:
一只松鼠曾在树下抱紧奔跑的松塔
一阵西风曾吹乱我们乌黑的头发
冬天还没有降临
我在梦中侧耳倾听
一块巨石滚下山崖时
所发出的响声

梦境，或是你

梦见陌生人在童年的村庄
举行熟悉的葬礼
梦见一匹马在春天的泉边
遇见失眠的游鱼
梦见水晶鞋和蒲公英
在山岗上奔跑
梦见北京的第一个早晨
大风吹散永不忏悔的树冠
梦见挑花的女人
在昏暗的天桥上走来走去
梦见我离开的街道
缀满香樟树的褐色果实

梦见你——
穿过第一声惊雷
呼唤我的名字

辑三 秋天不回来

赞美诗

走很远的路,去莲花村看莲
你猜我遇见了什么
一行白鹭,亮出一贯的嗓音
几只蜻蜓,在田野上低飞
一个女人,坐在凉亭里卖凉粉

她起得这么早
雾水打湿了她的眼睛
她起得这么早
让我想起了勤劳的母亲

立 秋

枫叶未红，白霜未降
她站在阳光倾斜的人行道上
有巨大而空旷的孤独
这不是旧年的秋天
但场景却如此真实
秋风循声而来
路边的紫薇已经开了很久
她眯着眼睛
她想起旧年的秋天
她站在阳光倾斜的人行道上
那时的她，还很年轻
那时的她，还拥有新鲜的爱情

秋天不回来

我想要忘记一些事情
忘记一个秋天，一张面孔
我想要穿过幽暗的小巷
积聚月色，靠近花园

我知道，果实早已挂满枝头
秋风随之剥开往事
你偶尔也会
在一堵石墙的阴影中
倾听徐来的虫声，归巢的鸟啼

你还会在空旷的街头
在少年单薄的琴音里
停下脚步，去寻找一个相似的人
然而更多的时候
你沉默并忙碌

我知道，我们都曾置身于
一场虚幻的风暴中

哦，少年

我曾遇见过那个少年
他和更多的少年
围坐在四月的草地上
等待日暮归隐群山
篝火照亮田野

那时的我
还没有口红和高跟鞋
那时的我
还没有爱过这世上的
任何一个男人

他递过来的日记本
有一枚小小的铜锁
他寄出的信件
有残缺的一部分

我们曾在作文本上
赞美过同一个秋天
我们曾是最安静的
两条弧线

后来的很多年
他是秋风中一粒尘埃
记忆里的一枚果核

他的失踪源自星宿的浮动
悬崖的陡峭
他的死亡并没有途经
祠堂、唢呐，和白发苍芒

我们有时会在梦里遇见
——他站在滂沱的雨中
他有一张
年轻又好看的侧脸

梨 花

我曾目睹过一树梨花凋落的过程
在寂静的暮晚时分
一枚花瓣突然落下来。然后是
第二枚,第三枚
我曾趴在墙角观察过一群迁徙的蚂蚁
在童年的村庄
它们排着整齐的队伍,浩浩荡荡
从低处迁往高处
就在昨夜,我梦见在田野里劳作的母亲
她有年轻的脸庞,清浅的酒窝
两个孩子曾在她出门前,异口同声地保证过:
不下河抓鱼,不上树掏鸟窝
后来,更大的那个孩子,蹲在灶前烤红薯
柴垛突然失火。两个孩子在哭
母亲推开了院门。矮墙外
天空开始下雨,蚂蚁还在迁徙
梨花还在凋落

黄昏速记

树下的落叶越积越多
干枯的芦苇丛顶着满头的白雪
在湿漉漉的黄昏
唯有蜷缩在一张晃动的摇椅里
等待天黑的时候
才会如此写下：时间犹如疾驰的车厢
咣咣咣响着。很多时候
我就这样一直坐着，坐着
看暮色向晚，看夜色将至
而风声，有时离我很近
有时离我很远
它带来寒霜，积雪，越来越深的倦意
它带来一些无法抹去的爱，孤独
竖琴的断弦，迟缓的钟声
（原谅我，我再也不忍提及永恒……）
十二月了。时间流淌着
生活继续被描绘。我想要说的
都将在夜色中到来

秋天的湖泊

每次开车经过那个湖泊
她都要扭头多望几眼
那辽阔的,明澈的水域(即便只是相似的)
这些日子以来
她的夜晚,她的灯盏,她的掌纹
她的幸福和孤独,都荡漾着哗啦啦的水声

去年秋天的草地,不断变换着颜色
她的失眠在加重——
可是她,接受着那一切
她爱着,那时的一切

在小镇

陶罐里的野菊花,引领我们走向深冬
满地的落叶,顾影自怜的模样都似曾相识
半山腰的茅屋,可以临窗望月
亦能彻夜听雨。我想要说的,无非是
——午后空寂,余声点滴
所有的花朵正在流失

而你爱我。神也明白。

我爱过的事物远不止于此

一只虎斑猫的出现搅乱了我的平静
四月的雨纷纷落在它频频呜咽的低音区
年轻的邮差突然出现在雨后的路口
用修长的手臂,递来一枚湿漉漉的住址
萧萧的落叶翻转于半空退避——
哦,那些清脆婉转的鸟啼
那些还没来得及消失的柳絮

小巷里的春风啊,怎么吹
也吹不散,唇边呼之欲出的姓氏
我想起某个中午,你的手
反复逗留在山水的缝隙
可是我总也记不清楚,是谁的眼睛
凝视过沿袭的蚂蚁。是谁的耳朵
聆听过空白的寂静

你曾梦幻般坐在我面前——
窗外的柿子树缀满猩红的果实

在故乡,那个曾与你坐在小酒馆里对饮的人
不是我
在异地,那个曾与你泪眼婆娑紧紧相拥的人
我必定在梦中见过

看 雪

还是想去看雪
去一个只有陌生人的城市
去一个草木葳蕤的地方

我愿意在雪中
走上一天一夜
我愿意在雪中
遗忘那些悲伤的过往

我愿意在雪中
抱住一个满头白雪的人
喊他：亲爱的，亲爱的……

九 月

你想给我带来什么样的消息
加紧的风声,缤纷的落叶
田园里的牧歌

你想给我带来什么样的祝福
欲言又止的黄昏,滴水的石壁
空寂的回音

我们也曾谈论过秋天
谈论过迷雾般的命运
谈论过爱而不得的爱
肝肠寸断的恨

无论如何,我还是想念你
站在人群中,等待我的样子
那时——
街灯明亮,树篱拥挤

所有的蔷薇都凋零于四月
所有的屋顶都缄默于无踪的星斗
你的嘘寒,止于问暖
你的脚步,惊动了夜半的钟声

转眼时间到了很多年以后

"这是我曾经想带你去看的湖泊
你听听,那流水的声音……"
你提醒我,时间在潮湿的冥想中消逝
无数的波光漫过岸边的垂柳
明亮的事物汇集了——
沉默的寓意,乌有的想象

等到落日奔涌,春风又会毫不吝啬地成为
一个崭新的借口。尽管你和我一样
无法拥有村子里的几棵枣树,一道白墙
你告诉我,那在夏日的浓荫里错过的
究竟是什么

我们也曾满心欢喜过——
鲶鱼在池塘里换气
大雨正穿过茂密的香樟

恩 赐

你们都深知。这都是我喜欢的
青山与落日,花香与鸟啼
古井与老屋。还有那些
雨中的枯荷,金黄的稻田……

同样地,我也深知
我如今所遇见的种种
都是源自神的恩赐

只是神的双手
一直躲藏在时间背后

久别重逢的我们
在无端欢喜时,也不能够
在雨中看见

谢家坊

其实我们并没有登上山顶
山路十八弯之后,一片橙黄
突然呈现在我们眼前
远远望去,漫山遍野的脐橙
像怀揣神谕的信徒——
尽情拥抱大地
时间停顿
荻花鼓起风帆
雀鸟在林间啼叫
落日归来——
辽阔的山坡上
起伏的茅草已不重要
沧桑的人世已不重要
我们是
心怀喜悦
走在秋风中的人

1988 年的秋天

终于看见有人这样写：
"你知道，我在苗栗读小学时最羡慕的
就是同学常常有机会请假
他们突然消失几天
回来时手臂上别着一朵小小白花……"①
我诧异于我曾经无法说出的
已经有人替我开口说出
我羞愧于我曾经无法写下的
已经有人替我落笔写下
1988 年的秋天，或者更早一些
村里的老人逝世
我的同学巧儿消失几天后
突然在一个清晨
推开教室门走进来
我早已忘记她是否有一张
涂满悲伤的脸
只记得她的手臂上
也是别了一朵小小白花
和现在不同的是——
那时我从来没有参加过葬礼
那时我的外祖母尚在人世
那时我还没有学会

如何在黑夜里
偷偷哭泣

①出自龙应台《天长地久》。

总有一个人

"我的执念,有时是一种罪过"
帘卷西风的时候
我听到过群山摇曳的尾声
草木绿得太深
露水消失得太快
月光染满窗台的时候
天空开始下雨
我多么希望我是那个
独自走在雨中的人
总有一根拐杖会敲响贫瘠的土地
总有一个人会成为刺痛回忆的手鼓
我不能确定
现在的生活是不是真的
我不能确定
我是否已经从昨夜的梦中返身

所有的花朵中

我记得一条银环蛇缠绕着树枝
荒无人迹的河滩上布满鹅卵石
汩汩的流水反复弹奏的,是同一首曲子
先生,那时的我们还不曾相识

我记得一只丹顶鹤,有巨大的脚蹼
闪光的草地在微雨中发出叹息
朴素的池塘拥有一朵水花的倒影
先生,那时的我们还不曾相识

"所有花朵中,只有金盏菊
最接近设想的完美……"
先生,如今黄昏涂满茶色
我多么希望我们,从未经历过
人世的离散

七夕

因为活着,所以忍受拥挤
疾病,疼痛和消亡
因为爱,所以忍受孤独
悲伤,喜悦和心碎

在人群中,我曾反复辨认过
那张相似的脸庞……
可是我不能说出的那部分
拥有黑夜的果实,黎明的花朵

我无比热爱的蔷薇
已经遁入泥土
那些你缺席的日子
还没来得及随风消散

丹顶鹤

这是我梦中的丹顶鹤——

天空下,它们展翅、翱翔
伸出修长优美的颈项

如果不是一阵风
压低了它们喉间的呼啸

如果不是我手中的镜头
拍摄到铁栅栏的一角

这稠密的草甸
这秋天的午后

该是多么美丽
该是多么丰饶

大望路

只记得这个地铁站站名
只记得在一个陌生的城市
只记得我独自牵着少年的手
从一场秋风,走向另一场秋风
从一个街头,涌向另一个街头

看 云

坐在山顶看云
和坐在别的地方看云
是不一样的

坐在别的地方看云
云只是留给我们
一个匆忙赶路的背影

坐在山顶看云
你会发现
云朵会变成
我们喜欢的样子

就像那时
我们还没来得及在人间相爱
就像那时
我们才刚刚在人群中相逢

落日谣

这不是你想要的落日
也不是我的
遥远的山坡上
乌云把落日遮蔽
乌云又让落日涌出
那些前尘旧事
若在此时提起
已经变得毫无意义
暮色就要降临
繁星就要升起

夏　天
　　——给彦轩

我带他去看《侏罗纪公园2》
我给他买爆米花和可口可乐
他对周围的一切都充满了好奇
"姑姑，那个黑匣子为什么会发光？"
"姑姑，我担心恐龙会扑到我们的身上"
看完电影穿过马路时
他的手紧紧攥住我的手

他七岁，喜欢低着头走路
他七岁，眼睛里盛满小小的
忧伤

日暮迟迟

"在我的书画好横线的叠页上方
能听到狂野的小鸟欢快的啼鸣。"
傍晚读书，忽然读到这一句
这些年来，我曾试图用不同的词汇
去竭力描绘那些美好的事物（闪耀的，沉寂的）
二十多年前，在乡下
在那个敞开的鸟笼子前
是广袤的田野和瘦弱的我
天色渐渐暗下来
树林在喧响
月亮在歌唱
谁是那个渴望在一夜之间
就忽然长大的人

北 京

白玉兰开得多么盛大
这是我来北京后的
第十天。春风那么迅速
吹拂拥挤的地面
整个下午,我从现代文学馆路
往返于育慧南路
路过的楼群,被阳光笼罩
路过的人群,我一个也不认识
那个卖草莓的老人
坐在天桥的一角
苍老,疲倦
她让我想起我的外婆
她们都有一张
被春风吹皱的脸

鲁迅文学院

起风了。落花无处葬身
鸟鸣穿墙而过
为了掩映城市的灯火
花园里的雕塑
拥有不朽的轮廓
整个傍晚
我听到呼呼的风声
一阵紧跟着一阵
在动荡中弯曲,消逝……
我的房间在鲁院的四楼
我的窗外,白玉兰盛大
松柏日夜遵循自身的意愿
我来这里近一个月了
我看见过异乡的高楼
我梦见过故乡的山水

十四行

那天我又去了湖边。一个人。
我的诗越写越多,可朋友越来越少。
我一直没来得及给那个湖泊命名,
我尚不知它到底是苍老还是年轻。
如果去年的冬天,我们没有遇到那场雨。
我或许就不会总是在黑夜里等待,
神的旨意,奇迹的降临。

现在野菊花开满荒野,星辰只剩下灰烬。
我没有见到版图上的那个小圆点,
老松树下的土地庙,细雨中的白鹤。
你反复描述过的:返青的稻田,开花的橘子树。
我如今见到的,只是几只灰麻雀掠过天空,
北风卷起枯枝,草地被白霜覆盖。
而我们形销骨立,继续苟活于人世。

北京，798

永不知疲倦的风声，仿佛是
春天不可分割的一部分
时间的手，反复抚摸斑驳的木门
低矮的屋顶，白桦树的瞳孔
在此时。你不必试图安慰
一个无所事事的人
她俯身，她想拥抱街巷里的断墙
她俯身，她想拥抱阳光下的身影

辑四 落日带来黄金

狄 花

哦，白似雪，那燃烧的火焰
那猎猎作响的旌旗

我把车开到八十迈
我把音乐调成萨克斯《回家》

在通往乡间的公路上
我置身于一场盛大的花事

在通往乡间的公路上
我迎来你离开后的第一个夏天

外 婆

夏天的市民广场
一株阔叶榕下
几个老人聚在一起聊天
她们的面色温和
她们的嘴角在漏风
路过她们时
我也不知道自己
为什么会突然停下来

我看到 1985 年的黄昏
尘土飞扬的乡间小路上
汗水淋淋的母亲
独自背着我从医院往回赶
我们的身后
一个陌生的老人
像一枚落日一样追上来

她身穿一件对襟蓝衫
她有一张朴素慈祥的脸
后来，我趴在她瘦弱的肩膀上
昏昏入睡
后来，我醒来

我看见月光照亮流淌的河水
晚风中凌乱的白发

后来的很多年
我把所有遇见过的老人
都在心里喊了一遍：
——外婆

大雨倾盆而下

是那么多的鸟啼,在清晨
唤醒我
是那么多的繁花,在人间
引领我
是那么多的阳光,雨露,雷声,闪电
让我不断去找寻:
寒冬里的篝火,那艘最遥远的船舶
我总是怀着莫名的恐惧
在梦中经历一次次可怕的逃亡
而此刻,冷风袭来,大雨倾盆而下
我已倦于表达——
我至今没有学会如何去祈祷
我路过的教堂充满白色的哑寂
和无言的悲伤

过去的雪

如今我念念不忘的
仍是那年冬天
冷雨还未止住的村庄
婆娑的竹影
青草淹没的道路
如今你又怎会看见
隆冬的夜晚如期而至
一盏盏孤灯站立于风中
漫天的雨水
亦有低垂的痛楚
如今我还是无法
从那些虚幻中
抽身而退——
大雪落满荒野
我从未参加过葬礼
你从未离开过人世

谈论孤独

后来的日子里,杨柳泛青
繁花茂密。新年的草地还没有出现
流星陨落的痕迹
后来的日子里,皓月当空
春风化雨,回忆还没有在倾倒的
废墟里渐渐安息
后来的日子里,青苔渲染石阶
桃花落满山寺
一些熟悉的人,一些陌生的人
从树下走来,又从树下离去
后来啊,我醒着,我醒着
微微闭上眼睛
等待空寂的窗外,那最后一声
孤独的鸟啼

惊 蛰

我还是虚构了一场离别。在从未相逢的
时间里。在惊雷滚动的三月
那些夜晚,花圃敞开
护城河闪烁着微微的波澜
一轮弦月开始了漫长的等待
还记得吗?春风越过群山
暮色降临街角
薄雾从草尖上缓缓散去
雨一直在下,雨一直在下
那时的我,还可以尽情拥抱黑夜
那时的我,还可以赶在黎明前
默默哭泣

春 风

庭院落寞。万物都在重新生长
我至今不能理解，一座寺庙为何
总是喜欢端坐在古老的山顶
一截河水，为何在拐弯时就失去了耐心
一个人，为何走着走着就泪眼朦胧
时间啊，总是能够从容地抹去一些东西：
飞鱼和鸟兽，石阶和琴音
深情与沮丧，爱与怨……
现在，星辰落满草丛
黑色的乌鸦在发芽的柳树上唱着歌
春风已经老去
山岗正在苏醒

普宁寺

一串风铃在晃动
一株菩提树长出高悬的叶子
一口铜钟成为悠远的历史

一个僧侣留下虚无的足迹
一只空空的手触摸苏醒的春泥
一张沉默的嘴失去开口的勇气

落日灰烬般隐去
一位苍老的母亲
跪倒在佛前

像所有的母亲那样——
为她见惯的苦难
而无声哭泣

白蝴蝶

混沌的日子。总是会让人轻易遗忘时间,节气
隐匿的群山,虚掩的道路
只记得那些夜晚,那个眉清目秀的少年
弹着竖琴在唱歌。而过去
在一曲琴音里,像春天的爬山虎
一寸一寸攀满墙壁
就在刚才,黎明的钟声
在浓雾中敲响。村庄里的守灵人
缓缓摘下胸前的花朵,他的双眼浮肿
脸庞疲倦。一只白蝴蝶,从祠堂外的田野上
飞进来。转眼间,像一张纸片一样
薄碎地,落在朱红色的棺木上

春夜听雨

先是雷声,后来是春风,再后来
是野花和青草,都微微低下了头颅
我看到大雨在三月的门外徘徊
紧接着,我听到了蟋蟀在新年的
第一声喘息。隐忍,薄凉,时断时续
湖面闪耀着喧哗的光芒
落叶又一次见证了死亡
爬山虎退到墙角,敲钟的手永不消逝
迎面走来的人,孤独,清瘦
他拥有模糊的影子
他拥有越来越苍老的心

二月初四

落日已圆满,春风蓦然涌向人间深处
草色轻轻晃动犹如从前一样的斑驳
风过之处,小路安静,树影单薄
我在这一整天,变得无话可说
但我喜欢的,正在暮色中到来——
一树繁花消融天空的荒芜
几声鸟啼打破湖面的岑静
远方啊,棠梨树下,有人正在
虚构简单的生活:
"谁此时孤独,就永远孤独
就醒来,读书,写长长的信……"①

哦,日暮迟迟。关于人世
我越来越热衷的,是
露珠,光芒,爱
还有那整日整日的,无所事事

①出自里尔克《秋日》。

雪

雪引领了一切。雪落满孤寂的山村
雪落满低矮的屋檐。我不知道一场雪
究竟会给多少人带来记忆中的清愁
往事里的碎片。我更愿意写下的
是雪给予我们的——
缟素的世界，古老的人间
是那么多的白天使，在阳光的普照下
不动声色，缓缓消失在我们的眼前

那些消逝的

从远方回来,所有的树叶
都像是接受了祝福
它们在一夜之间
全部落光
往昔的雀鸟也在模糊的
枝桠间
失去了踪迹
消逝之手竟是如此之快
我们在春天信守的诺言
在冷风中沦陷
秋天已经走远
雪在奔跑
雨在沉默
我们已经没有更多的话
可说

寒潮笼罩我

这永恒的

从一场梦里陡然醒来的人
也许都热衷于梳理呼啸而过的残片
这是新年的一月
苍茫的夜色已无人分享
滴檐的雨声只能徒增荒凉
和无数个夜晚相同的是
此时的窗外,没有惊飞的鸟雀
没有走动的人群
如果四周突然刮起一阵大风
可以清晰听到的,是草木的沸腾
这让我想起二十多年前
在外祖母的潭坊村
那个迟迟不肯入睡的女孩儿
她总是喜欢在黑暗中睁大眼睛
她总是会忍不住想跑到高高的屋顶
伸出手去——
触摸那些,永远无法触及的繁星

尘 埃

傍晚读书,她在窗前听到了鸟鸣
探出头去,却不见其踪迹
一年当中,她的梦想曾破碎过两次

第一次时,她很想站在水边哭泣
可是流水并没有猜透她的心事
第二次时,还在隆冬,道路的尽头
万物隐隐作痛。寒风萧瑟有力

如今记忆的碎片盘旋坠地
暮色里,灯盏犹如一部部晃动的哑剧
关于那些往昔,她只字不想再提

在遇见他之前,她热衷于湖边散步
热衷于触摸喧响的水声,繁星的旧址
如今,在一月的黄昏
镜中的尘埃,他已经替她轻轻擦去

我在春天出生

仍然是阴天。仍然期待记忆里的一场雪
期待久别重逢的雪人,蓬松的红围巾
百叶窗台上收拢羽翅的雀鸟
除此之外,我对苍茫的人世早已厌倦
我现在只对黄昏充满无尽的期待
当暮色又一次洄漩奔涌
我已经避开人群走了很久
我看见香樟树上结满黑褐色的果实
垂柳几乎落光了所有的叶子
那么多的鸟巢随风摇摆
我一边走一边回头看
我真担心它们会从树上掉下来
在我的身后,河水日以继夜地奔腾啊
现在,仍然是最冷的冬天
我在春天时出生
我以为在春天降临之前
我不会再爱上任何一个人

她坐在秋风里

一些被青草覆盖的片段
一张永远清澈如初的脸……
哦,在一个梦境
与另外一个梦境之间
必定会有一种途径
让我们通往消失的时间

尘土飞扬的小镇上
乌桕树晃动在道路两边
那个满脸胡须的屠夫
日复一日站在集市的案牍前
他的大女儿素儿
曾是我最好的朋友

她拥有一副瘦弱的身体
一条乌黑的马尾辫
她在1991年的秋天
丢失了蝴蝶结和钥匙链
她坐在黄昏的池塘边哭泣
我站在她面前,却无法伸出我的手

我在凌晨两点突然惊醒

我想起另一个诗人的诗句：
"寒山，你坐在我左边。"

我无法揣测天堂与人间的距离
我只记得她终于停止了哭泣：
"请不要触碰那些蓝色的火焰
请给我带来一朵纯洁的云彩。"

我 们

我们都曾置身于黑暗中。现在
天亮了。北风抱紧枯枝
腊梅的花苞因盛大
而再次被阳光笼罩
就在昨天,小径上落叶纷飞
大地平静而丰厚
河水倒映石桥,虫声隐匿草丛
孤雁看不清自己的脸
多么遥远,一场突如其来的大雪
两个喋喋不休的囚徒。原来
每一片树叶的枯荣,都是在遵从神谕
而此刻,一月站在二月的门前抽身离去
我们在梦幻中,缓缓伸出
复苏的手

命 运

他们开始谈论一场电影
谈论电影里的风霜,雨雪
异国的街道,落满白鸽的教堂
树叶的脉络,还有一条河流的走向
除此之外,他们还谈论到了命运——
"每个人的记忆里,都藏着一个补丁。"
"看时光是磨蚀我们,还是眷厚我们。"
在这之前,月亮因为寒冷而拒绝满盈
流水因为荒凉而日夜不肯将息
后来,他们还如此谈论道:
"一天的雨,怀抱喜悦。"
"记住,爱你是我的命运。"
是的,他们得慢慢习惯孤独,寂寥
以及当幸福突然降临时
那微微的眩晕

雨 中

越来越不喜欢雨天。潮湿,阴冷
恍然间会觉得离幸福很遥远
可总有一些东西是适合在雨天怀念的:
褪色的相框,丢失的银手镯,老式电视机
摔倒在路边的凤凰牌自行车

在很多个雨天的夜晚,我曾反复梦见过葬礼
梦境总是带给我一些,雪地上的枷锁
湖泊里的碎片。还有那些,消失的人群
陌生的灵魂。香烛,唢呐,山坡,苇丛
打盹的狗,忏悔的猫……

自十一年前,我的外祖母溘然长逝
所有的葬礼,都变得那么相似
我在雨中发不出声音
我只能眼睁睁看着——
那张哭泣的脸,在雨中
渐渐平息

她

我决定去看望她
途经的路上
翻过几片寂静的松林
穿过一条汩汩的小河
就到了她的家

她在灶膛前忙碌
没有叫我留下,也没有让我离开
她没有问起她爱过的任何人
没有问起我的母亲,兄弟,或是姐妹
她只说后山的板栗就要熟了

起风了,我站在翻滚的暮色里
抬头看到空空的房梁
忽然泪如雨下

平安夜

请依次写下这些：平安夜
长筒袜、圣诞树
它们来自遥远的异域
雪花飘零的隆冬
多少年后
我已成为一个孩子的母亲
却依然无法更好地描绘
熟睡的大海，布满经卷的天空
我依然无法侧身进入
一个少年深夜的梦境
更多的时候，我从梦中
怅然醒来，我只依稀记得
那片随风摇晃的芦苇丛
裸露的枯骨
一群雀鸟落在篱笆上歇脚
一个人头也不回地走向
冰封的码头
梨花依旧开满荒野
牧童依旧站在村口
我和我最爱的少年
一起走过所有恬静的清晨
他的童年是我的全部

而我的童年在瑟瑟的冷风中
永远没有终点

落日带来黄金

越来越深的眩晕
让我看不清
云朵浮动的脸
在一万多米的高空
我甚至能隐约感觉到
死亡的气息
经过我
围困我
我从未如此
深刻地
想念你
落日带来黄金
飞机在风中穿行
暮色将先于我
抵达你
拥抱你

他永不回来

久无人居的老房子,檐下还在
滴雨
鸟群散尽的石拱桥,还在废墟里沉睡
门前那棵柿子树,只剩下最后一枚果实
他爱了一生的人,正抱紧棺木
失声痛哭

山岗还在,河流还在
风吹草低,他永不回来

葬 礼

吹唢呐的人走在最前面
抬棺木的人走在最后面
送葬的队伍里
他并不是
一个缺席的人
可是他已经死亡
他的骨头在火中被取出
他的棺木在山坡上被埋葬
上帝之手
请将人世的疾病疼痛
都带走
上帝之手
请将他的寒凉长夜
都带走

宿 命

傍晚散步。路过一面湖泊
也路过几只天鹅
它们的美丽,将落日灼烧
有人忙着拍照,有人忙着回忆
往事恍若灰烬……
曲终人散,一痛再痛
原来是——
我们彼此之间的宿命

草木之心

我在傍晚时
给阳台上的植物浇水
不小心绊倒了花架
殷红的血从脚背渗出来

在植物中间
我本该有云雀一样的身体
深海鱼一样的呼吸

可是现在
我受困于窗外的一场大雨
受困于一阵来自异域的飓风

城外的山谷中
那涂满釉色的风笛声
让我不再谈论往事
让我又一次爱上

——松木桌上的空酒瓶

秋天的悬铃木

又一次看见,悬铃木
北方的悬铃木,队列整齐的
悬铃木
又一次想起,我们离别后的秋天
清冷的秋天,无法复制的秋天
"到最后,究竟谁才是
被辜负的人……"
有人手无寸铁
有人夺路奔逃

哦,风吹落叶
仿佛一切都不曾发生

回忆让孤独的人更加孤独

城市。美丽的
我从缓慢的车窗外看到:
阔叶榕上的尘埃
在陡然加深
一排紫薇迎着微风
灼灼地开

晨曦中,惺忪的草木
隐去的星宿
来往的人群
都是美丽的
事实上,露水在半夜醒来
又在半夜消失

而此刻——
拥有回忆的人是幸福的
即使那些回忆充满了痛楚
即使那些回忆让孤独的人
更加孤独

虚幻之境

凌晨三点四十分
突然醒来。我在黑暗中
听到了老鼠啃木头的声音

某个时刻,我陷入虚幻之境
我以为我置身于
一片茂密的森林中

最空旷的枝头,没有鸟鸣
只有数不清的雨滴
在触碰越来越深的悲伤
和寂静

雨不肯停息,那么多孩子的脸
在雨中
变得模糊不清

那么久

所有的草木都是新的,可是
在暮色中越陷越深的身体是旧的
所有的月光都是薄凉的,可是
在回忆里递过来的那双手,是温热的

西南风吹拂了那么久
棕榈树颤抖了那么久
夹竹桃盛开了那么久

一个人离开另外一个人
——为什么也是那么久

清晨即景

新买的粗线衣
被路过的灌木丛钩烂了
风很大,草地还是和以前一样茂密
我在单位门口刚掏出钥匙
就看到一个老人蹒跚的步履
像是一道来自远方的弧线
而清晨的广场
露水晶莹得没有道理
清扫落叶的人站在树下
拥有片刻的寂静
他的头顶,仿佛刚刚下过一场雨
那个像落叶一样的老人
从树下经过
单薄得让人想要流泪
苍老得让人心生嫉妒

水边的阿狄丽娜

他背对着我。在弹琴
是那首——
《水边的阿狄丽娜》

其实我希望摆放钢琴的
房间
再空旷一点儿
窗外簌簌的落叶
再堆积得多一点儿

这样我就能够
清晰地看见
在很多年很多年以前
美丽的阿狄丽娜
站在十月的水边

她空茫的眼睛
因为爱情
而灿若繁星